READING POWER
En Español

Organizaciones de ayuda

La Cruz Roja

Anastasia Suen

The Rosen Publishing Group's
Editorial Buenas Letras™
New York

Published in 2003 by The Rosen Publishing Group, Inc.
29 East 21st Street, New York, NY 10010

First Edition in Spanish 2003
First Edition in English 2002

Book Design: Michelle Innes

Photo Credits: Cover, pp. 4–19 © The Red Cross; p. 21 © Peter Turnley/Corbis

Suen, Anastasia.
　　La Cruz Roja / por Anastasia Suen ; traducción al español: Spanish Educational Publishing.
　　p. cm. — (Organizaciones de ayuda)
　　Includes bibliographical references and index.
　　ISBN 0-8239-6856-1 (library binding)
　　1. Red Cross—Juvenile literature. 2. American Red Cross—Juvenile literature. 3. Disaster relief—Juvenile literature. 4. Disaster relief—United States—Juvenile literature. 5. Spanish Language Materials. I. Title.

　　HV568 .S79 2001
　　361.7'7—dc21

　　　　　　　　　　　　　　　　　　2001000281

Manufactured in the United States of America

Contenido

La Cruz Roja

En 1859, Henry Dunant vio heridos
en combate en Italia. Quería ayudar
a todos los heridos en guerras y
habló con mucha gente de esa idea.
En 1864, gracias a sus esfuerzos,
se fundó la Cruz Roja Internacional.

En 1881, Clara Barton empezó la Cruz Roja Americana. Barton quería dar ayuda en tiempos de guerra y de paz.

A Clara Barton se le llamaba "Ángel del campo de batalla".

Sangre

Los voluntarios de la Cruz Roja
han ayudado en muchas guerras.
En la I Guerra Mundial entraron
a la Cruz Roja Americana
18,000 enfermeras.

En la II Guerra Mundial, la Cruz Roja
envió sangre a los soldados. Eso salvó
muchas vidas.

En los años 1920 y 1930 las enfermeras de la Cruz Roja Americana lucharon contra las enfermedades infantiles. Hacían chequeos a los niños.

Los voluntarios de la Cruz Roja
también ayudan en tiempos de paz.
Ayudan a los necesitados en todo
el país. La Cruz Roja ayuda donde
se necesite ayuda.

Emergencias

La Cruz Roja ha ayudado cuando hay inundaciones, incendios, tornados, huracanes y muchas otras clases de emergencias.

¡Es un hecho!

La Cruz Roja
ayuda cada día
a 150 familias
que pierden
su hogar
en un incendio.

Una voluntaria da comida a unas niñas después de un terremoto en California.

Cuando hay una emergencia, los voluntarios de la Cruz Roja llevan comida, ropa y medicinas. También organizan alojamiento para los que pierden el hogar.

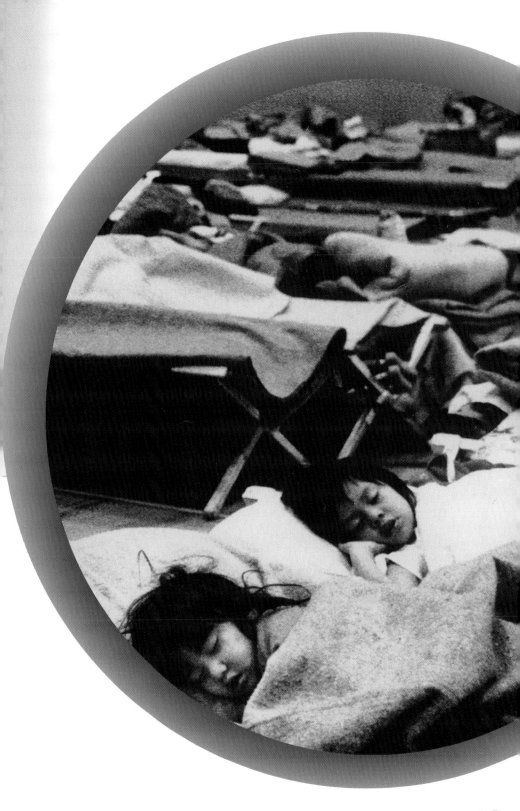

Voluntarios

Casi todos los que trabajan
en la Cruz Roja son voluntarios.
Mucha gente da tiempo, dinero
y sangre a la Cruz Roja.

¡Es un hecho!

Uno de cada
200 estadounidenses
es voluntario
de la Cruz Roja.

Aumento de
voluntarios de la Cruz Roja

¡más de 1.2 millones! —

500,000 —

1914   HOY

15

Cada año más de 3,000 hospitales usan sangre de la Cruz Roja.

La Cruz Roja Americana recolecta 6 millones de pintas (6.8 millones de litros) de sangre cada año.

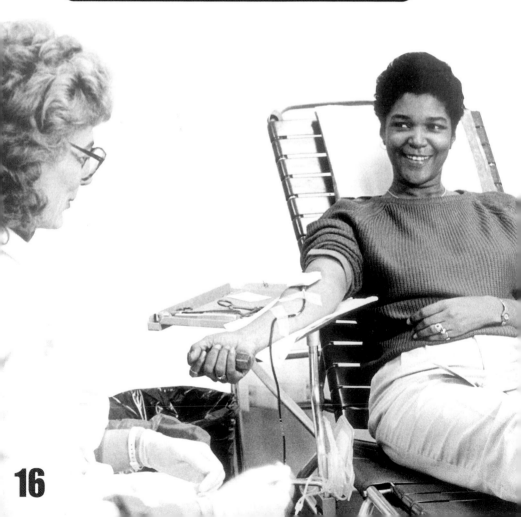

Muchos voluntarios enseñan clases de primeros auxilios. Esas clases enseñan qué hacer en una emergencia para salvar a una persona.

Las clases de primeros auxilios enseñan qué hacer cuando una persona no respira.

¡Es un hecho!

Unos 15 millones
de estadounidenses
toman clases con
la Cruz Roja.

Trabajo de la Cruz Roja

Cada año la Cruz Roja ayuda
a millones en todo el mundo.
Si quieres ayudar a la Cruz Roja
llama al grupo que quede cerca.

¡Es un hecho!

La Cruz Roja Americana trabaja en más de 100 países.

Glosario

alojamiento (el) lugar que nos protege del tiempo, de un peligro o de ataque

batalla (la) combate entre ejércitos

emergencia (la) situación en que se necesita ayuda inmediata

internacional de dos o más países

voluntario (el) persona que se ofrece a hacer una cosa por voluntad sin recibir dinero a cambio

Recursos

Libros
Clara Barton
David Collins
Barbour Publishing, Inc. (1999)

The Red Cross and The Red Crescent
Michael Pollard
Silver Burdett Press (1994)

Sitios web
Debido a las constantes modificaciones en los sitios de Internet, PowerKids Press ha desarrollado una guía on-line de sitios relacionados al tema de este libro. Nuestro sitio web se actualiza constantemente. Por favor utiliza la siguiente dirección para consultar la lista:

http://www.buenasletraslinks.com/ayuda/cruzrojasp/

Índice

Número de palabras: 252

Nota para bibliotecarios, maestros y padres de familia

Si leer es un reto, ¡Reading Power en español es la solución! Reading Power es ideal para lectores hispanoparlantes que buscan un nivel de lectura accesible en su propio idioma. Ilustrados con fotografías, estos libros presentan la información de manera atractiva y utilizan un vocabulario sencillo que tiene en cuenta las diferencias lingüísticas entre los lectores hispanos. Relacionando claramente texto con imágenes, los libros de Reading Power dan al lector todo el control. Ahora los lectores cuentan con el poder para obtener la información y la experiencia que necesitan en un ameno formato completamente ¡en español!

Note to Librarians, Teachers, and Parents

If reading is a challenge, Reading Power is a solution! Reading Power is perfect for readers who want high-interest subject matter at an accessible reading level. These fact-filled, photo-illustrated books are designed for readers who want straightforward vocabulary, engaging topics, and a manageable reading experience. With clear picture/text correspondence, leveled Reading Power books put the reader in charge. Now readers have the power to get the information they want and the skills they need in a user-friendly format.